어느 날의

문장들

어느 날의 문장들
하루의 끝에서 전하는 다정한 위로

초 판 1쇄 2024년 08월 20일

지은이 이서하
펴낸이 류종렬

펴낸곳 미다스북스
본부장 임종익
편집장 이다경, 김가영
디자인 윤가희, 임인영
책임진행 안채원, 이예나, 김요섭
사진 오승주, 정수정, 염선영

등록 2001년 3월 21일 제2001-000040호
주소 서울시 마포구 양화로 133 서교타워 711호
전화 02) 322-7802~3
팩스 02) 6007-1845
블로그 http://blog.naver.com/midasbooks
전자주소 midasbooks@hanmail.net
페이스북 https://www.facebook.com/midasbooks425
인스타그램 https://www.instagram.com/midasbooks

ⓒ 이서하, 미다스북스 2024, *Printed in Korea*.

ISBN 979-11-6910-767-9 03810

값 18,500원

미다스북스는 다음세대에게 필요한 지혜와 교양을 생각합니다.

어느 날의

문장들

이서하

하루의 끝에서 전하는 다정한 위로

미다스북스

그 모든 날을 지나

지금을 피워 낸

_____에게

나의 것이었고

　　　　　당신의 것이었고

우리의 것이었을,

어느 날을 모아서.

차
례

우리는 한 번만 더,

그렇게 아주 오래

사랑에 속아 보기로 하자.

,

머무른 어제의 기록

잠시 멈추어

숨을 고르던

어느 날

누구에게나 힘든 순간이 있습니다. 그럴 때 여러분은 어떻게 이겨 내시나요? 저는 그냥 마음껏 힘들어합니다. 말도 안 되는 이야기처럼 들리지만, 언제부터인가 그렇게 도망치고 싶은 순간들을 이겨 내기 시작했습니다.

감정은 소모되는 것이라고 합니다. 힘든 건 감정이고 그렇기 때문에 온전히 소모되지 않으면 사라지지 않습니다. 계속 마음 한구석에 남아 우리를 서서히 어둡게 물들입니다. 생각지도 못한 타이밍에 불쑥 튀어나와 발목을 잡기도 하고, 눈치채지 못하게 점점 쌓여 한꺼번에 온몸을 짓누르기도 하면서요. 그래서 저는 그때그때 그 감정을 보내 주기로 했습니다.

하지만 마음껏 힘들어한다는 건 생각보다 큰 용기가 필요한 일입니다. 고통스러워 외면하고 싶은 순간을 정면으로 마주해야만 하니까요. 참고 견디는 것이 익숙했던 과거 그리고 멈추지 않고 달릴 것을 강요하는 매일과 맞서야 하는 일이기도 합니다. 내가 그럴 자격이 있나, 나만 이렇게

나약한 걸까, 혹시 그 감정에 잡아먹혀 무너지지는 않을까, 스스로를 향한 모진 걱정 앞에 망설일 수도 있습니다.

그럼에도 용기를 내어 본다면 생각보다 괜찮을지 모릅니다. 나를 덮치는 감정이 아닌 내가 허락한 감정은 나를 쉽게 무너뜨릴 수 없을 테니까요. 그러니 스스로에게 조금 더 많은 마음을 허락해 주세요. 스스로를 조금 더 따뜻하게 바라봐 주세요. 만약 지금 마음속 어딘가가 일렁이기 시작했다면 저는 그런 여러분께 감히 전하고 싶습니다. 그래도 된다고, 그럴만했다고, 여기까지 온 것만으로도 충분히 잘한 거라고.

이 페이지에는 쉼표를 그려 두었습니다. 끝맺음이 아닌 잠시 머무르는 것. 잠깐의 멈춤은 우리를 더 오래 더 멀리 달릴 수 있게 만들어 줄 겁니다. 그러니 오늘은 마음껏 힘들어해도 괜찮습니다. 그러고 나면 꼭 알게 될 것이라고 믿습니다. 힘든 건 영원하지 않고, 여러분은 생각보다 훨씬 강하다는 것을요.

다정하고 아름다운

다정하고 아름다운 것들은
때때로 잔인하다.

그중 어떤 것들은
내 곁에 머물 수 없어 그러하고

가끔 어떤 것들은
잠시 머물렀다 금세 사라져 버려 그러하다.

어느 것이 더 잔인한지는 알 수 없다.

아무리 손을 뻗어도 닿지 않는 자리에서
예쁘게 빛나는 것들이 더 아플까.

잠깐의 흔적을 잊을 수 없게 만들고서
사라져 버린 것들이 더 아플까.

다정해서 아름다워서
외면할 수조차 없는 그 어떤 것들을
나는 어쩔 수 없이 사랑하곤 했다.

누군가를, 꿈을, 순간을, 내일을, 마음을
나는 그렇게 아파하곤 했다.

내가 사랑했던 내가 아파했던

다정하고 아름다운 것들이 있나요?

때때로 잔인했던 그 어떤 것들이

언젠가 한 번쯤은 내 편이면 좋겠습니다.

_____

_____

_____

_____

_____

_____

_____

_____

_____

극야(極夜)

시계를 잃어버린 아침이면
나에게조차 잊히고 싶었다.

기약 없이 끝없는 밤을 헤맬 때면

포기하고 싶을 때도 많습니다.

그런 나에게,

끝까지 아침을 기다릴 수 있는 용기를 전해 주세요.

_____

_____

_____

_____

_____

_____

_____

_____

_____

_____

마리오네트

낮과 밤의 경계가 사라진 날들의 연속에서
나는 마리오네트가 된다.

몸도 마음도 똑바로 설 수 없이 너덜너덜해져서
어디서부터 손을 대야 할지 감히 알 수가 없는데도
쉴 틈 하나 없이 오늘로 가야만 하는 마리오네트.

성한 구석 하나 없는 서러움이 밀려오고
또 지새운 밤은 텅 빈 마음마저 물들이고

어디에도 없는 기댈 곳을 찾아
도망치고 싶은 지금을 헤매도

보이지 않는 끈에 묶여
내 몫의 춤을 춰야만 하는 마리오네트.

그러다 결국 터져 나오는 울음에도

시간은 그 찰나조차 놓아주지 않는다.

두 손에 쥔 모든 걸 놓아주면

팔과 다리를 묶은 모든 걸 끊어 내면

끝끝내 막을 내릴까.

그럼에도 나는

희미한 내일을 버릴 수 없다.

몰아치는 현실은

생각과 감정의 틈마저 앗아가곤 합니다.

내 팔과 다리를 묶은 끈은 무엇인가요?

불꽃놀이

한순간의 설렘도 덧없지.

사라지고 난 후엔
공허함만 남을 텐데.

새까만 하늘을 수놓던
화려함이 지고 나면
원래의 밤하늘만 남는다.

더 쓸쓸해진
더 고요해진
어둠만이 남는다.

언제 그랬냐는 듯한 적막,
결국 또다시 혼자.

잠시 꿈을 꿨나 봐.

아주 아름다워서

깨고 나면 더 슬퍼지는

그런 꿈을 꿨나 봐.

황홀함은 지나가며

공허함이라는 자국을 남기기도 합니다.

그 자국을 지우는

나의 방법은 무엇인가요?

악몽

오랜만이다.

눈을 뜨면 밀려와야 할
안도와 허탈함 대신

눈을 떠도 사라지지 않는
감정의 잔상들.

별거 아닌 꿈일 뿐인데
감각은 지나치게 선명해서
기어코 내 아침을 잡아먹는다.

아직도 생생하게 그려지는 악몽이 있나요?

만약 그렇다면,

이 페이지에 실컷 버려두고

오늘 밤을 맞이하면 좋겠습니다.

_____

_____

_____

_____

_____

_____

_____

_____

_____

_____

어떤 날

어떤 슬픔은
들킬 수 없어 숨을 죽인다.

어떤 사랑은
오갈 수 없어 한 방향으로 흐른다.

어떤 아픔은
존재할 수 없어 버티고 버틴다.

붙잡히지 않는 새벽은
그 모든 것을 내일로 욱여넣고

그렇게 아무도 모르는 어떤 날이 지난다.

나의 오늘은 어떤 날이었나요?

아무도 모르는 어떤 날들을 지나

그래도 우리는 여기까지 왔습니다.

그리고 또다시 나아갑니다.

_____

_____

_____

_____

_____

_____

_____

_____

빈틈

빈틈을 보이지 않으려
모두 가리고 나니

숨 쉴 구멍조차
남아 있지 않았다.

날카로운 시선 앞에 숨겨 온

나의 빈틈이 있나요?

약하고 부족한 모습은 누구에게나 당연하기에

조금은 숨 쉬며 살아가도 괜찮습니다.

_____

_____

_____

_____

_____

_____

_____

_____

_____

_____

괜찮다

'괜찮다.'라는 말이
얼마나 많은 말들을 대신하고 있는지.

아파요, 슬퍼요, 힘들어요,
이런 말들을 막아서고는

위로해 주세요, 안아 주세요, 도와주세요,
이런 말들마저 감춰 버려서

하고 싶은 모든 말을
어설프게 한 마디로 뭉쳐 버린다.

당연하고 섬세하게 피어오르는 말들은
약해 빠졌다는 핑계로 내쫓고

사실은 원하지도 않는 한마디로
두꺼운 벽을 지어 스스로를 가둔다.

그렇게 늘 그랬듯이
혼자 남겨진다.

언제나 괜찮다고만 말해 왔던 나에게

다른 '괜찮아.'를 들려주세요.

실수해도 괜찮아,

울어도 괜찮아,

그래도 괜찮아.

어른아이

서툴다 변명하기에는 커 버렸고
익숙하게 넘기기에는 덜 자랐다.

해맑기에는 많은 것을 알아 버렸고
담담하기에는 모르는 게 너무 많다.

어제, 오늘, 내일은 지겹도록 똑같고
새로운 나이는 죽을 때까지 낯설다.

기쁨 앞에서는 무뎌지고
슬픔 앞에서는 어색한
그 사이 어딘가에서 하는 방황.

어린 나는 지금의 나를
어른이라 말하는데

아이가 될 수 없는 나는

어른도 되지 못했다.

그때와 달라진 건 숫자뿐인데

시간은 멋대로 '어른'이란 이름을 붙이려 합니다.

스스로 지은 적 없는 그 이름에도 책임을 져야 한다면

나는 어떤 어른이고 싶나요?

_____

_____

_____

_____

_____

_____

_____

_____

_____

가슴 속 어떤 것들이
여울지는 밤이 오면

달그림자 뒤에 숨어
가만히 시간을 센다.

소음공해

한밤중의 시끄러운 소리는
창밖 너머로부터 왔는가
내 마음으로부터 왔는가.

머리까지 먹먹해지는 소리에
창문을 닫을까
마음을 막을까.

도저히 잠들 수 없는 소음을
뜬 눈으로 견뎌 내면

언젠가는 고요한
아침도 오려나.

잠 못 들게 하는 마음의 소리를

들어주어야만 할 때인가 봅니다.

여기에 잔뜩 쏟아 놓고 나면

꿈도 말 걸어올 틈이 없게 푹 잠들 수 있길 바랍니다.

_____

_____

_____

_____

_____

_____

_____

_____

_____

_____

짝사랑

나는 종종 나의 삶을 짝사랑한다.

답이 돌아오지 않는 내일에 끊임없이 질문한다.
혼자 기대하고 설렜던 하루를 실망하며 닫는다.
꽤 가까워졌다고 생각했는데 어김없이 멀어진다.

나의 삶이 나를 바라봐 주지 않는 날,
그런 날의 새벽에는 선명하게 금이 간다.

나는 이 선을 넘을 자격이 없다고
여기서 그만두는 게 좋겠다고.

하지만 눈부시게 다정했던 어느 날의 기억이
미련인지 희망인지 모를 '혹시나.'라는 말이
기어이 또 선을 넘게 한다.

한 번 더 나를 향해 웃어 줄까 봐.

언젠가는 다시 내 편이 되어 줄까 봐.

어떻게든 잘해보려 애쓰는 나를 결국 돌아봐 줄까 봐.

쉽게 포기하기엔 아직 너무 사랑하고

그 지독한 사랑은 짝사랑임을 깨닫는 순간 시리도록 외롭다.

나의 삶이 나를 사랑했던 날을 떠올려 볼까요?

그 기억의 손을 잡고

기어이 또 선을 넘어 봅니다.

_____

_____

_____

_____

_____

_____

_____

_____

_____

_____

슬픔마저 반짝이는

그날의 조각을 건너

내일로.

새벽의 한가운데

새벽.

아주 짙은 색의 외로움을 머금은 시간.

적막에 가까운 고요에
반항하듯 시끄러워지는 머리와

불 꺼진 어둠 앞에서야
숨죽여 꺼내질 수 있는 마음이

잠들지 못하게 나를 깨운다.

머릿속을 가득 채운 것들로 인해 더 외로워지고
드러난 마음이 기어코 나를 흔드는 순간적인 영원.

다 지난 새벽 안에서만 선명해지는 어떤 것들.

요즘 나의 새벽은 어떤 모습인가요?

_____

_____

_____

_____

_____

_____

_____

_____

_____

_____

_____

감정의 바다

멀어지고 나서야
비로소 보이는 것들이 있다.

그제서야 후회하는 것들이 있다.

침착할 거라 다짐하면서
아직도 휩쓸린다.

새롭게 보이는 것들은 사실
애써 외면해 온 것들이었다.

매번 그렇게 순간에 이끌려
눈을 감고 귀를 닫고
바보가 된다.

매번 나를 덮쳐 오는 감정의 바다는

어떤 색깔인가요?

그 바다 안에서 어떻게 하면

중심을 잃지 않고 서 있을 수 있을까요?

이별

나이가 든다는 건
이별에 익숙해지는 과정일지 모른다.

아니다,
이별에 익숙해진다는 게 가능할까.

이별을 받아들이는 과정이란 말이
더 가까울지도 모르겠다.

매일 이별하며 살고 있다는 노랫말처럼
정든 것들을 하나둘 뒤로하고
나아가야 하는 것이 삶이라면

나는 앞으로 얼마나 많은 것들을 놓아주어야 할까.
사람들은 얼마나 많은 것들을 두고 왔을까.

나는 아직 자꾸만 뒤돌아본다.

나아가지 못하고 머물며
때로는 가만히 고여 있는다.

결코 친해질 수 없는 이별은
아주 오랜 시간이 지나도 그대로일 것만 같다.

지난 이별은
잊고 살아가는 것이 아닌 안고 살아가는 것임을.

다가오는 이별은
덤덤해지지 않아서 견디는 방법을 배우는 것임을.

평연히 오가는 침묵과 망각을 가장한 외면 틈새로
순간순간 치밀어 오르는 그리움을 체할 듯 삼키면서,

우리는 지금을 그리고 다음을 애써 지켜 낸다.

그렇게 살아간다.

이별의 슬픔은

늘 세상이 정해 준 유효기간보다 긴 것 같습니다.

이 페이지에서만큼은

눌러온 그리움을 마음껏 이야기해 볼까요?

_____

_____

_____

_____

_____

_____

_____

_____

_____

_____

꽃비

아주 평범한 오후의 늘 걷던 길.

바람이 분다.

꽃잎이 떨어진다.

떨어지던 꽃잎이 눈가를 스친다.

꽃잎이 할퀴고 간 자리가 쓰라리다.

눈이 시려 고개를 떨군다.

길을 온통 뒤덮은 꽃잎도
새까만 그림자마저 덮지는 못했다.

예보에 없던 봄비가 내린다.

고작 그 정도에 무너지는 마음이었다.

이유 없는 눈물은 없습니다.

별거 아닌 일에도 눈물이 난다면

이미 내 마음에 눈물이 가득 차 있는 걸지도 모릅니다.

한 번쯤 마음에게

그 이유를 물어보는 건 어떨까요?

_____

_____

_____

_____

_____

_____

_____

달콤씁쓸

달콤씁쓸하다.

어떤 달콤함은 지나가며 씁쓸함을 남긴다.

차라리 몰랐을 땐 괜찮았는데
달콤함을 알아 버리고 난 후에는
씁쓸한 이면이 더욱 생생하게 와닿는다.

돌이킬 수도 없이 그 쓴맛을 감당해야 하는 건
지나가 버린 달콤한 시간의 대가이려나.

전혀 다른 두 단어는
그렇게 순서대로 합쳐져
하나의 단어로 가슴에 박힌다.

끝까지 그 달콤함을 몰랐다면

이렇게까지 쓰게 느껴지지는 않았을까요.

쓸쓸함을 남기고 지나간 달콤함이 있나요?

_____

_____

_____

_____

_____

_____

_____

_____

_____

_____

버티는 하루

얼마나 눈부신 내일이기에
오늘은 이다지도 날카로운지.

시간에 거꾸로 매달린 나는
앞으로 갈수록
더 많은 뒤를 본다.

꽤 강해졌다 달래도 보았으나
우는 법을 잊었을 뿐이었다.

괜찮지 않은 채로
살아가는 법은
배운 적이 없어서

나는 내 마음에조차
거짓말을 한다.

도망치고 싶은 날들을 지나면
머무르고 싶은 날들도 올까 봐.

그동안 누군가에게 했던 위로는

사실 내가 가장 듣고 싶었던 말일지도 모릅니다.

하루를 버티는 나에게,

오늘만큼은 다정한 위로를 건네주세요.

_____

_____

_____

_____

_____

_____

_____

_____

심장에 나비가 살랑이던 날,

아직 꽃을 피우지 못한 나는
그 봄을 놓아주곤 했다.

꿈

현실이 될 수 없는 꿈은
행복한 만큼 악몽이 된다.

마음껏 꿈속을 헤엄치는 이와
밤조차 허락되지 않는 이.

꿈이 사치라는 걸 알면서도
그 속에 뛰어들고 싶어 애써 손을 뻗다가
뼈저린 낮을 맞이하는 결말.

백조 사이에 섞이고 싶은 오리였다.

미운 오리 새끼도 아닌
그저 지극히 평범한 오리였다.

어째서 꿈은 현실의 반대말이 되어 버린 걸까요.

간절하게 바랐으나

놓아주어야만 했던 꿈이 있나요?

_____

_____

_____

_____

_____

_____

_____

_____

_____

_____

_____

불면증

불현듯 깨져 나오는 기억의 파편들은
손에 쥐는 순간 눈 녹듯 도망간다.

스치는 장면을 더듬어 되뇌면
짧았던 꿈결이 피어오른다.

아직도 오늘이다.

찰나의 밤이 끝나고
또다시 길고 긴 밤이다.

그만 쉬고 싶은 하루가 계속 이어진다.
애써 견딘 하루가 점점 길어진다.

모두가 내일로 떠나가고

나 혼자 남았다.

나의 하루는

끝조차 쉬이 오지 않는다.

잠들고 싶은 밤은

유난히 길게 느껴지기 마련입니다.

길고 긴 밤을

나는 어떻게 견디고 있나요?

_____

_____

_____

_____

_____

_____

_____

_____

_____

_____

돌아갈 수 없는

그렇게 떠나오고 싶었던 이유는

나의 현재가 담겨 있기 때문이었을까.

그렇게 되돌아가고 싶은 이유는

나의 과거를 그곳에 두고 왔기 때문일까.

멀리 도망치고 싶던 현재는

내가 다 이곳으로 끌고 와 버려서

그곳에는 그리운 과거만 남아 버렸다.

그래서 나는 이렇게 멀리 와서야

그곳이 아름답다.

그때는 몰랐으나

이제 와 보니 아름다운 순간이 있나요?

힘들었던 그때도 지나고 나면 아름답기에

언젠가는 지금 이 순간도 애틋할지 모릅니다.

_____

_____

_____

_____

_____

_____

_____

_____

_____

_____

시간은 순간을 머리에서 가슴으로 옮겨

기억을 추억으로 바꾼다.

불청객

가끔 그런 생각이 들 때가 있다.

나는 세상의 불청객인 것 같다는.

초대받지 못한 채 태어나
나를 밀어내려는 세상을 모른 척
꾸역꾸역 발을 내리고 버티고 있는 듯한 느낌.

나는 길을 잘못 들어 이 세상에 찾아왔을까.

그래서 어디에도 내 자리는 보이지 않나.

그럼에도 나는 자꾸만 살고 싶다.
눈치 없이 버티고 싶다.
어떻게든 내일로 가고 싶다.

그럼에도 우리는 살아가야 하기에,

고개 들고 버텨야 하기에,

어떻게든 내일로 가야 하기에.

내가 이 세상에 존재해야만 하는 이유를

세 가지 이상 찾아내 적어 볼까요?

_____

_____

_____

_____

_____

_____

_____

_____

_____

바라지 않은 비밀

남몰래 숨겨둔 생각을
혹시나 들킬까 꼭꼭 감춰 온 그런 마음을

아무에게도 들키지 않길 바라면서도
누군가는 찾아내 알아주길 바라고 있는지도 모른다.

아주 깊은 곳에 묻어 두고서
여기 있으니 꺼내 달라고
소리 없이 외치고 있는지도 모른다.

내 손으로 펼쳐 보이기엔
그 속에 비친 모습이 한없이 초라하고

혼자서 끌어안기엔
감당하기 벅차도록 커다랗기에.

누군가 한쪽 귀퉁이 슬쩍 드러난 마음을

끌어내어 알아주면

들켜서 부끄러운 마음보다

서러운 마음이 먼저 드는 건

그런 이유일지 모른다.

누구에게도 꺼내 보일 수 없는 마음이지만

이 페이지에서만큼은 남김없이 들켜도 괜찮습니다.

종이만 들을 수 있는 글씨로

실컷 소리쳐 볼까요?

_____

_____

_____

_____

_____

_____

_____

_____

_____

_____

겨울, 그리고 겨울

나의 시간은
점점 시들어가고

끊임없는 낮과 밤은
보잘것없이 흩어진다.

매번 피고 지는 것이 삶이라는데
피었던 적 언제인지
한참을 지고 또 진다.

모든 빛깔을 잃어버린 채
추위만이 살아 있음을 알려 주는
겨울이 왔다.

간혹 스치듯 피어 날리는 잔향이

순간을 어지럽히면

돌아보지 못하는 기억 속에는

한때의 봄이 있었다.

이 겨울의 끝에도

언젠가는 봄이 올까요.

어김없이 다시 오고야 말 봄의 풍경을 하나씩 적어 본다면

어느새 눈앞에 마주할 거라 믿습니다.

_____

_____

_____

_____

_____

_____

_____

_____

_____

_____

완벽주의

너를 좀 놔줘.

그 한마디에
더 이상 울음을 참지 못한 것은
나를 놔주지 않는 불안을 알기 때문이다.

모든 것이 불안했다.

가끔은 불안하지 않은 것조차
새로운 불안의 이유가 되었다.

내가 걸어온 길은
끊어질 듯 팽팽한 얇은 줄 하나.

작은 파동에도
사정없이 흔들리는 그 위는
한 발이라도 삐끗하면 낭떠러지.

잘 해야 돼.
해내야 돼.
나는 그래야만 해.

한순간도 의심한 적 없는
당연한 말들을 앞세워
끝까지 매달려 놓지를 못했다.

나를 괴롭히지 않고서는
시선을 마주할 자신이 없어서

다른 이에게 허락한 다정의
반의반만큼도
나에게는 준 적이 없었다.

나는 언제나 힘들 자격이 없었다.

그럴 수밖에 없는 불안을
나는 단 한 번도 이길 수 없었다.

그렇게라도 나를 지키려 애썼던 불안을

이제는 잠시 쉬게 해 주고 싶습니다.

불안으로 스스로를 다그치는 나에게

해 주고 싶은 말은 무엇인가요?

_____

_____

_____

_____

_____

_____

_____

_____

_____

_____

코끼리 사슬 증후군

멀리 왔다고 생각이 들 때쯤
다시 처음으로 되돌아간다.

이만하면 되었을까 돌아보면
변한 건 하나도 없다.

아무리 발버둥을 쳐도
나는 벗어날 수가 없다.

언젠가의 기억에
두 발이 꽁꽁 묶여

나에게 허락되는 건
딱 이만큼.

어리고 여린 시간 위로
깊게 새겨진 흔적은
도저히 지워지지 않아서,

내가 가진 유일한 선택지는
벗어날 수 없는 안전한 감옥.

온몸을 던져 부숴보려다
피투성이로 돌아오는 제자리.

사슬을 끊어 내는 법도
저 너머에는 무엇이 있는지도
아무것도 알 수 없는 나는

아무것도 할 수가 없다.

나를 놓아주지 않는 사슬은 무엇인가요?

우리의 마음은 쉴 새 없이 자라고 있기에,

언젠가는 그 사슬을 아무렇지 않게 끊어 내고

더 넓은 세상으로 나아갈 겁니다.

_____

_____

_____

_____

_____

_____

_____

_____

지난 이별은

잊고 살아가는 것이 아닌 안고 살아가는 것임을.

다가오는 이별은

덤덤해지지 않아서 견디는 방법을 배우는 것임을.

오늘의 끝자락을 넘어

끝을 딛고
나아가던
어느 날

모든 시작에는 끝이 있습니다. 그리고 끝은 또 다른 시작으로 이어집니다. 힘든 순간도 언젠가는 끝이 찾아오고, 그렇게 또다시 나아갑니다. 새롭게 나아간다는 건 늘 불안하지만 그럼에도 함께라면 조금은 괜찮을 거라 믿습니다.

모든 걸 포기하고 싶었던 순간에도 사실은 어떻게든 붙잡고 싶었습니다. 내일이 오지 않았으면 하는 날에도 사실은 더 나은 내일을 간절히 바랐습니다. 지칠 대로 지쳤다고 느끼면서도 사실은 누구보다 살고 싶었습니다. 삶은 질기고 애틋했고, 그래서 언제나 다음을 버릴 수 없었습니다. 그렇게 비틀거리며 나아가는 길은 늘 불안했으며 때로는 지독하게 외로웠습니다.

세상은 '인생은 결국 혼자.'라고 말합니다. 삶의 시작도 끝도 어차피 혼자라는 그 말은 지독한 외로움의 이유가 되고 불안을 나무라는 무기가 되었습니다. 하지만 누군가 말해 주었습니다. 태어나 죽는 순간까지 나와 함께 하는 딱 한 사람이 있다고요. 그건 바로 '나 자신'이고, 그러니 나만은 나를 버려두면 안 된다고요. 적어도 나는 나를 모질게 등 떠밀지 말고 내 편이 되어 함께 걸어야 하는 것이었습니다.

　그렇게 내일의 나를 위한 문장들을 쓰기 시작했습니다. 아직은 불안하고 가끔은 외롭지만, 이제는 제법 꼿꼿하게 나아갑니다. 그래서 그 문장들을 여러분 앞에 꺼내 보려 합니다. 우린 아마 모든 날을 함께 걸어갈 수는 없겠지요. 하지만 이 순간만큼은 함께일 수 있지 않을까 생각합니다. 힘든 순간을 끝맺고 또다시 나아가려는 여러분 곁에 스치듯이나마 이 문장들로 함께 걷고자 합니다.

　이 페이지에는 마침표를 그려 두었습니다. 끝을 의미하는 마침표가 아닌 새로운 시작을 알리는 마침표를요. 어설프지만 진심을 담아 적어 내린 이 문장들이, 그리고 함께 적어 내릴 또 다른 문장들이, 여러분을 내일로 이끄는 작은 온기가 되길 바랍니다. 얼굴도 이름도 모르지만 함께 나아가고 싶다고 함께 살아가고 싶다고 힘껏 손을 내밀어 봅니다.

지금은 늘 처음이니까

인생은 변수의 연속이다.

수만 갈래의 미래를 상상하고 예측해도
기어코 그려보지 못한 한 가지를 찾아내 나아간다.

그러니 가끔은 걱정과 기대가 다 무슨 소용일까.

걱정도 기대도 딱 나를 위한 만큼만.

나를 지키는 적당한 걱정과
내일을 꿈꾸게 하는 적당한 기대.

삶은 언제나 새로움에 대처하는 것일지도 모르기에.

매 순간 처음을 살아 내고 있는 나에게,

걱정도 기대도 잠시 내려놓고

그저 단단한 응원만을 전해 보는 건 어떨까요?

변수 앞에 또다시 흔들릴 때

우리는 이 페이지를 펼치고서 다시 힘을 내 나아갈 겁니다.

_____

_____

_____

_____

_____

_____

_____

_____

_____

보통의 아침

눈이 시리게 푸른 하늘과
지나온 언젠가를 떠올리게 하는 계절의 냄새.

따스한 햇볕으로 줄무늬가 생긴 벤치와
선선한 바람에 흔들리는 주위의 풀꽃.

여름과 가을이 스치는 찰나가
이렇게 예뻤었나.

가끔 어떤 것들은 너무 아름다워서
보고 있어도 그리워지기 마련이다.

나에게는 그 아침의 모든 것이 그랬다.

매일을 살게 하는 것들은 의외로 작고 사소하다.

이를테면
잠깐의 토닥임,
언젠가의 웃긴 기억,
오늘의 메뉴 같은 것들.

나에게는 매일을 살게 할 또 한 가지가 생겼다.

나는 가을 오는 아침이
오래 보고 싶어졌다.

나의 매일을 살게 하는

작고 사소한 것들은 무엇인가요?

아주 사소해도 좋으니

이 페이지가 부족할 만큼 많았으면 좋겠습니다.

_____

_____

_____

_____

_____

_____

_____

_____

_____

_____

이해, 관계

다른 이의 세계에서 벌어지는 일들을

내 세계로 끌어들인다면

어떻게 온전히 바라볼 수 있을까.

누군가를 이해해 보고 싶다면

내가 아닌 그 사람의 시선으로 바라보아야 하는 법이다.

하지만 결코 타인이 될 수 없는 우리에겐

어쩌면 서로를 이해한다는 것 자체가 모순이다.

누군가를 완전히 이해하고 싶다는 조바심은

그럴 수 있을 거라는 자만은

이미 충분히 이해한다는 성급함은

상대를 날카롭게 몰아세우고,

누군가에게 완전히 이해받고 싶다는 기대는

그럴 수 있을 거라는 믿음은

이미 온전히 이해받고 있다는 착각은

나를 망설임 없이 상처 입힌다.

누군가를 이해하고 싶다면

누군가에게 이해받고 싶다면

우리는 결코 서로를 완벽하게 이해할 수 없음을

먼저 떠올려야 한다.

때로는 그저 받아들이는 것이

관계를 지키는 방법이다.

이해는 까다롭고, 그래서 관계는 늘 어렵습니다.

그럴 때

관계를 지키는 나만의 방법이 있나요?

_____

_____

_____

_____

_____

_____

_____

_____

_____

_____

악연

벗어날 수 없으니
안아 주기로 했다.

너무 미우면 사랑해 버린다는 말처럼

나를 괴롭히는 끈질긴 악연은 그냥 안아 주기로 했습니다.

그 누구도 아닌 나를 위해서요.

나는 어떤 악연을 안아 줄 수 있을까요?

청춘에게

흘러가는 시간을 막을 수 없다면
그 시간을 빼곡히 채워 보려 한다.

뒷걸음질할 수 없는 게 삶이라면
한 걸음 한 걸음 빠짐없이 밟아 보려 한다.

기쁨과 슬픔의 질감이
고민의 색깔이
무모함의 무게가

다시 돌아오지 않을 것들이라면
나는 그 모든 것을 더 이상 원망 없이
세상의 전부인 듯 끌어안아야지.

철없음이 젊음의 특권이라면

나는 가장 젊은 오늘에

매일 철없이 덤비고 싶다.

나의 청춘에게 전하고 싶은 말이 있나요?

오늘은 인생에서 가장 젊은 날이라고 합니다.

가장 젊은 오늘을 매일매일 뜨겁게 살아 낸다면

우리는 죽을 때까지 청춘이 아닐까요.

놀이터

따뜻한 햇살

선선한 바람

옷을 적시는 땀 냄새

시끄러운 웃음소리

삐걱이는 그네

낙서 가득한 미끄럼틀

바람 빠진 타이어 위의 시소

내팽개친 신발주머니

주머니 속 천 원 두 장

그렇게 노을이 지고

저녁이 올 때까지.

가끔은 그 기억이

나를 울게 하고

그러다가 또 그 기억이

나를 살게 한다.

때로는 어린 날의 기억이

어른이 된 나를 버티게 하는 힘이 될 때가 있습니다.

나를 울게 하고 나를 살게 하는

어린 기억이 있나요?

_____

_____

_____

_____

_____

_____

_____

_____

_____

내가 좋아하는 것들

삭막한 배경에 치여

점차 빛깔을 잃어 갈 때쯤이면

내가 좋아하는 것들을 마음속에서 꺼내 본다.

요즘 좋아하는 건,

쿠키가 가득 들어있는 아이스크림

샤워하고 입은 새 잠옷

집에 오는 길에 보이는 노란 들꽃 무리

일상 속에 녹아든 소소한 것들.

여전히 좋아하는 건,

연한 분홍빛

부드러운 털 담요

계절의 냄새

변함없이 내 곁에 머무르는 것들.

그럼 아주 어렸을 땐 뭘 좋아했더라.

한때는 좋아했으나

이제는 기억 끝에 맺힌 것들 사이로

낯설고 익숙한 하나를 찾아냈다.

거울 보고 예쁜 척도 해 보던

어른이 된 나를 상상하며 두근거리던

뭐든 할 수 있을 거라 믿었던

그 모든 게 좋았던

그때의 나는,

나를 정말 좋아했었다.

이 페이지는

내가 좋아하는 것들로만 가득 채워 볼까요?

그리고 그중 몇 개쯤은

내일에 꼭 끼워 넣는다면 좋겠습니다.

_____

_____

_____

_____

_____

_____

_____

_____

_____

_____

행복의 역설

행복한 사람은

가진 것이 많아서
지킬 것이 많고

지키기 위해서
많은 것을 잃고

많은 것을 잃었기에
불행해지고

불행을 알기에
또다시 행복을 느낀다.

행복을 알기에 불행을 알고

불행을 알기에 행복을 알게 되는 아이러니 속에

가끔은 행복인 척하는 불행도

불행인 척하는 행복도 있었습니다.

불행인 줄 알았으나

사실은 행복이었던 것들이 있나요?

_____

_____

_____

_____

_____

_____

_____

지난 이야기

인생에는 각자의 드라마가 있다고 했다.

그 순간에는 모르고 지나온
이제서야 알게 되는 마법 같은 순간들.

돌아갈 수 없어서 돌려 보는 것밖에 못 하지만
그걸로 충분하다.

그 순간으로 인해
나의 삶이 조금 더 반짝거려서
나의 기억이 조금 더 예뻐져서.

어떤 그리움은
식지 않는 온기를 남긴다.

내 인생의 드라마는 어떤 이야기였나요?

어쩌면 지금도 각자의 드라마를 쓰고 있을 우리가

서로에게 따뜻한 눈을 가진 관객이 되어 준다면 좋겠습니다.

_____

_____

_____

_____

_____

_____

_____

_____

_____

_____

용서의 의미

용서한다는 건,

나를 아프게 한 이유를
이해하는 것이 아니다.

괴로웠던 지난 시간을
잊는 것도 아니다.

그래야만 했던 이유쯤이야
이제 아무 상관 없을 만큼

모든 걸 기억하고
똑바로 마주해도 괜찮을 만큼

나를 가만히 다독이는 일이다.

용서하기 위해

끌어안아야 하는 건

상대가 아닌

상처받은 그때의 나다.

'그건 네 탓이 아니야,

여기까지 오느라 애썼어.'

상처받은 그때의 나에게

그리고 상처를 딛고 온 지금의 나에게,

해 주고 싶은 말은 무엇인가요?

_____

_____

_____

_____

_____

_____

_____

_____

좁은 길 위에 나란히

다정한 눈맞춤으로

한 손에 서로의 손을 꼭 쥐고

함께 걷자, 우리.

최선의 엔딩

지나간 페이지는
어쩔 수 없는 그리움으로 읽히지만

그럼에도 해피 엔딩이라면
다시 들여다볼 용기가 생긴다.

순간을 충실하게 살아 내야만 하는 이유를
나는 여기서 찾곤 한다.

완벽한 해피 엔딩은 아니어도
최선의 엔딩이라면,

미련도 후회도 없이
지난 페이지들을
펼쳐 볼 수 있을 테니까.

우리는 살면서 수많은 엔딩을 마주하고

늘 최선의 엔딩을 향해 나아갑니다.

지금 내가 달려가고 있는

최선의 엔딩은 무엇인가요?

_____

_____

_____

_____

_____

_____

_____

_____

_____

_____

빨래

푸른 하늘이 눈이 시려
하얀 옷가지로 가렸다.

구름 한 점 없는 햇빛이 서러워
젖은 옷가지를 걸었다.

집게가 톡 하고 건드리자
애써 안고 있던 물방울들이
툭툭 넘쳐 떨어지니

맑은 하늘에도
비가 내린다.

살랑이는 바람이 한 번
그 등을 쓸어주고 나면

그땐 깨끗하고 보송한 얼굴로

다시 그렇게 살아가기를.

마음의 얼룩도

깨끗하게 지울 수 있다면 얼마나 좋을까요.

내가 지우고 싶은 까만 마음은 무엇인가요?

_____

_____

_____

_____

_____

_____

_____

_____

_____

_____

이유가 있겠지

모든 일은 이렇게 되려고 그런 거였다.

순간의 의미는
항상 지나고 나서야 깨닫는다.

그러니 가끔 이해할 수 없는 시간들은
더 자란 나에게 묻기로 한다.

지금은 그냥 한 마디로 넘긴다.

'이유가 있겠지.'

더 자란 나에게 물을 질문은 이곳에 남긴 채

뒤돌아보지 않고 다음으로 걸어가려 합니다.

언젠가는 그 답도 적게 될 거라 믿으면서요.

_____

_____

_____

_____

_____

_____

_____

_____

_____

_____

_____

강한 사람

흔들리지 않고 무너지지 않아서
강한 것이 아니라

흔들리고 무너져도
다시 일어나 나아갈 수 있기에
강한 것이다.

아무것도 두려울 게 없어서
강한 것이 아니라

아득한 두려움을 마주 보고
용기 내어 걸어갈 수 있기에
강한 것이다.

내가 약한 사람이라

이런 순간이 찾아온 게 아니라

내가 강한 사람이라

이런 순간을 이겨 내고 있는 것이다.

가장 앞장서 달려 나가기보다

느린 걸음으로

발밑을 단단하게 다져가길

택할 것이다.

도저히 눈 뜰 수 없는 현실에 갇혀도

절망 속을 뒤져

기어코 희망을 찾아내는 삶을

살아 낼 것이다.

나에게

온 세상을 바꿀 힘은 없으나,

내 세상을 바꿀 힘이 있다.

내 세상을 어떤 모습으로 바꾸고 싶나요?

그 모든 것에도 불구하고 여기까지 온 우리는

앞으로도 무엇이든 할 수 있을 것 같습니다.

_____

_____

_____

_____

_____

_____

_____

_____

_____

_____

_____

문득, 여기

초여름 밤, 선선한 공기, 늦은 시간의 고요함.

버스 창문으로 보이는 가로등 아래
예쁘게 포장된 회색 블록 길.

언제부터 나는 그 길이 익숙해진 걸까.

그 익숙함이 새삼 낯설다.

아직 이방인이라는 생각이 지워지지 않던 이곳은
이제서야 나의 동네가 되었다.

어린 시절을 등지고 떠나왔다 여긴 곳에서
나는 다시 어린 날들을 살아가고 있었음을.

앞으로도 나는 그 길을 걸으며

뜨겁게 살아 낼 것임을.

문득, 갑자기, 우연히,

어쩌면 천천히, 조금씩, 그렇게,

비로소 내가 사는 곳이 나의 집이 되었다.

새롭게 떠나온 낯선 곳은

어느새 내 삶의 또 다른 조각이 되었습니다.

이제는 온전히 내가 되어 버린

한때는 낯설었던 무언가가 있나요?

_____

_____

_____

_____

_____

_____

_____

_____

_____

그럭저럭

늘 웃을 수는 없다.
늘 좋을 수도 없다.

그럼에도

고된 날들 중에
괜찮은 날들이 생긴다는 것.

찡그릴 때가 줄어들고
웃을 때가 늘어난다는 것.

싫어하는 것보다
좋아하는 것이 더 많아진다는 것.

그냥 그 정도면 된 거다.

그럭저럭 잘 살고 있는 거다.

감사 일기를 써 본 적이 있나요?

매일매일 감사한 일들을 찾아내 기록하고 나면

이 정도면 꽤 잘 살고 있다는 생각이 듭니다.

오늘 있었던 감사한 일을

다섯 가지 이상 찾아내 적어 볼까요?

_____

_____

_____

_____

_____

_____

_____

_____

아직은 알 수 없는 그곳에

아주 사랑스러운 이야기가 기다릴지 몰라서.

여행을 떠나요

잠시 일상의 무거움과 지루함을
벗어던지는 게 허락되는 시간.

하고 싶었던 걸 용기 내어 도전하게 하는
적절한 핑계.

모든 감각을 열어 그 순간을 기억하게 하는
낯설어서 아름다운 세계.

그게 어디든
얼마나 오래든

특별함이라는 단어가 꼭 어울리는
그날에 안겨 꽤 오랜 날들을 버텨 낸다.

여행이 주는 설렘은 심장에 은근하게 남아

따분한 일상을 오래도록 두근거리게 합니다.

내 심장에 남아 있는

또는 남기고 싶은 여행이 있나요?

_____

_____

_____

_____

_____

_____

_____

_____

_____

_____

삶이 재미있는 이유

나의 세상은 조용히 격변한다.

떨어뜨릴 수 없게 가깝던 것들과
한순간에 멀어지기도 하고

내 시야 안에 없던 것들과
순식간에 사랑에 빠지기도 한다.

타이밍은 언제나 예측할 수 없고
결과는 예상하지 못한 것들을 곳곳에 심어 둔다.

생각보다 따뜻하지 않고
기대보다 아름답기도 한
이 세상은 속을 알 수 없다.

삶이 어렵지만 재미있는 이유는

알 수 없기 때문이 아닐까요.

상상하지 못했지만

어느새 내 삶으로 들어온 것들이 있나요?

_____

_____

_____

_____

_____

_____

_____

_____

_____

_____

일기를 쓰지 않은 날

한동안 일기장을 닫아 두었다.

정신없이 바빴다는 이유를 대지만
결국은 일기에 쏟을 마음이 남아 있지 않아서였다.

감정을 돌아보는 일도

대체로 평온했던 일상과
가끔은 나를 뒤흔들었던 어떤 것들을
천천히 되돌아보는 일도

나를 둘러싼 것들에 대해 사유하는 일도

사치를 넘어선
무거운 짐처럼 느껴지던 날.

아무것도 돌아볼 틈 없이

그저 오늘을 버티고

남은 힘을 쥐어짜 내 내일로 가면 그뿐.

그러면 좀 어때.

그렇게라도 무사히 하루를 살아왔으면 된 거다.

잘한 일이다.

그게 나의 최선이었다면

그걸로 충분하다.

가끔은 늘 해야만 했던 것들로부터

자유로워지는 것도 나쁘지 않습니다.

그게 나를 조금 덜 괴롭히는 방법이 될 수 있다면요.

한 번쯤 벗어나고 싶은 나의 습관은 무엇인가요?

_____

_____

_____

_____

_____

_____

_____

_____

_____

위로의 법칙

불행의 키를 재서 줄 세우지 말 것
고통에 무게를 달지 말 것
힘들다는 말을 멋대로 재단하지 말 것.

상처를 알아준다는 건,
상처의 형태와 깊이를 파악하는 것이 아닌
상처의 존재를 인정하는 것이다.

감정에는 기준이 없고
그래서 위로에는 평가가 필요하지 않다.

그러니 이 말이면 된다.

힘든 건 그냥 힘든 거다.
충분히 그럴 만했던 거다.

누구에게나 힘들 자격이 있습니다.

'겨우'라는 말과 질투 어린 시선에 갇혀

드러낼 수 없었던 힘든 마음,

그 마음을 모두 쏟아 낼 수 있는 이 페이지가

혼자 견뎌 온 시간에 작은 위로가 되길 바랍니다.

_____

_____

_____

_____

_____

_____

_____

_____

사랑받기 위해 태어난 사람

나조차 나를 사랑하지 않는데
누가 나를 사랑하겠어,

라는 말에

나조차 사랑하지 않는 나를
사랑하는 사람이 너무 많아서

나도 나를
조금 더 사랑해도 괜찮다고,

그렇게.

내가 사랑받을 수밖에 없는

열 가지 이유를 적어 볼까요?

그러고 나면 더 선명히 보일 겁니다.

내가 얼마나 사랑스러운 사람인지요.

_____

_____

_____

_____

_____

_____

_____

_____

_____

하루의 색깔

오늘의 기분을
굳이 한 가지 색으로 정의할 필요는 없다.

무지개색의 스펙트럼 그 위를
순간마다 오고 갔을 테니까.

그렇게 다양한 색깔이 초마다 분마다 모여
비로소 나의 하루가 그려졌을 테니까.

그러니 굳이 파란색으로 검은색으로
나의 하루를 가두지 말자.

그런 의미에서
그저 그런 하루는
아주 잘 살아 낸 하루다.

스펙트럼의 극단적인 가장자리가 아닌

안정적인 중간쯤을 자유롭게 오갔으니

가끔은 우울하고 가끔은 불안해도

사이사이 웃는 일도 많았으니

꽤 괜찮게 살아 낸 하루다.

오늘 하루의 무지개에서

예쁜 색깔만 가져와 이곳에 칠해 보려 합니다.

나의 오늘 중

가장 예쁜 세 가지 색은 무엇인가요?

_____

_____

_____

_____

_____

_____

_____

_____

_____

내 몫의 행복

행복할 자격이 있으니
행복해도 된다.

꿋꿋하게 버텨 냈으니
내 차례여도 된다.

행복에는 반드시 대가가 따른단 말은
이제 뒤집어 입은 채 살기로 했다.

불행에는 반드시 대가가 따른다.

이 순간의 행복은
지난 불행의 대가이다.

그러니 대책 없이 누릴 작정이다.

언젠가 또다시 불행이 온다면

그다음에는 꼭 그만큼의 행복이 오겠지.

항상 행복할 수는 없지만

종종 행복하게,

내 몫의 행복에

두려움은 필요가 없다.

마침내 찾아온 행복 앞에서도 걱정이 앞서는 나에게

이 페이지 가득히 말해 주세요.

그동안 잘 버텨 냈다고,

이 행복은 오롯이 내 것이라고,

나는 충분히 행복할 자격이 있다고.

_____

_____

_____

_____

_____

_____

_____

_____

낭만으로 그린 수채화

나는
무엇을 그리워하고
무엇을 기다리며
무엇을 미워하고
무엇을 사랑하는가.

나는
어디로 가고 있으며
어디로 가야 하는가.

나의
어제는 어떠했고
오늘은 어떠하며
내일은 어떠할까.

흘러가는 대로 두어야 하나
바꿔 보려 애써야 하나.

매 순간의 선택은
옳은 방향을 가리키고 있나.

답이 없는 질문을 되풀이하는 숨은
물기 어린 바람.

손끝에 스치는 바람결을
붙잡아 저 멀리 이끌리면
어디에나 닿을까.

모든 숨은 죽기 위해 태어난대도
언제나 살아가려 발버둥 치고

오늘을 사는 데는 필요 없으나
내일을 살기 위한 질문들을 던지면서

그 답이 없는 질문들에
모든 순간 대답하는 것이
아마도 잃지 않을 낭만.

그 모든 답을 모아
그 모든 눈물에 녹여 그려 내는
결국 내가 닿을 곳.

나의 삶은
낭만으로 그린 수채화.

나의 낭만은 무엇인가요?

그 답이 무엇이든

변함없이 오래도록 녹여 삶을 그려 낸다면 좋겠습니다.

_____

_____

_____

_____

_____

_____

_____

_____

_____

_____

_____

에필로그

화려하게 빛나는 시절도
언젠가는 반드시 끝이 난다.

정상에 오르면 그다음에는
다시 내려오는 일만 남는다.

하지만 그렇다고 해서

행복도 함께 끝이 나는 건 아니니까
행복을 그 위에 두고 올 필요는 없으니까.

화려한 행복이 끝나면
잔잔한 행복을 누리기로 하자.

내려오는 길에 잊지 않고
행복을 다시 챙겨 안고 출발하자.

저물어가는 순간마저
우리는 살아가야 하고

찰나의 반짝임보다
더 길게 이어지는 것이 삶이기에,

모든 곳에 숨겨진
다양한 빛깔의 행복을
기어코 찾아내면서

우는 날보다
웃는 날이 하루 더 많게
그렇게 살 수 있다면

나는 기대하며 사는 법을

알 것도 같다.

언제 어디서나 우리는 행복을 찾아내고야 말 겁니다,

바로 지금도요.

오늘 나의 행복은 어떤 모습인가요?

_____

_____

_____

_____

_____

_____

_____

_____

_____

_____

가끔은 그 기억이

나를 울게 하고

그러다가 또 그 기억이

나를 살게 한다.

Page 3 ————

♥

언젠가의 내일에 네가 있어서

결국

사랑이던

모든 날

사랑의 의미는 사람마다 다릅니다. 사랑의 대상도 다릅니다. 사랑의 방식 역시 다릅니다. 여러분의 사랑은 무엇인가요? 여러분은 어떤 사랑을 하고 계신가요? 수만 가지 대답들 속에 한 가지 공통점을 찾는다면, 그건 사랑하고 있다는 사실일 겁니다.

제게 사랑이란 소중한 것을 기꺼이 내어주는 마음입니다. 소중한 것은 시간이나 돈일 수도 있고 어쩌면 마음 그 자체일 수도 있습니다. 바쁜 하루를 어떻게든 쪼개어 시간을 들이는 것, 다른 것들을 포기해서라도 돈을 쓰는 것, 나를 아프게 하는 것을 알면서도 상처받을 준비를 하고 마음을 내어주는 것. 그렇게 나에게 소중한 무언가를 온통 쏟게 만드는 것. 저는 그 모든 것을 사랑이라 부릅니다.

꼭 그 대상이 연인일 필요는 없습니다. 앞으로 펼쳐질 문장들 위로 떠오르는 무언가가 있다면, 그게 무엇이든 아마 여러분의 사랑일 겁니다. 제가 써 내려간 사랑의 문장들은 결코 따뜻하고 아름답지만은 않습니다. 망설이고 아파

하며 가끔은 미워합니다. 하지만 그것 또한 사랑의 일부인 것을요. 앞으로 다시는 사랑하지 않겠다 다짐도 해 보았으나 어쨌든 사랑할 수밖에 없음을, 결국 그 모든 것이 다 사랑이었음을 이제는 알고 있습니다.

그래서 저는 사랑을 '그럼에도 불구하고'라는 말로 읽습니다. 사랑에 '그래서'는 소용이 없습니다. 수만 가지 이유를 들어 사랑을 이야기하려 해도 사실은 사랑 하나가 그 모든 것의 이유가 되니까요. 수만 가지 이유를 들어 사랑으로부터 도망치려 해도 어쩔 수 없이 사랑 하나가 그 모든 것보다 힘이 세니까요. 그럼에도 불구하고, 언제나 사랑입니다.

이 페이지에는 꼭 꽉 찬 하트를 그리고 싶었습니다. 사랑을 막아서는 많은 것들, 그럼에도 불구하고 우리는 또다시 사랑하고 더 많이 사랑하고 결국은 사랑하면서 살아갈 겁니다. 많은 분이 그러하듯 저 역시 사랑의 힘을 믿으니까요.

지독한 예감

처음 눈을 마주치는 순간
느껴지는 것들이 있다.

이유는 모르지만
그냥 왠지 그런 것들.

아, 우리는 그저 스쳐 지나갈 수 없겠구나.

사랑은 서서히 물들기도 하지만

한눈에 사로잡히기도 합니다.

처음 마주한 순간

마음을 빼앗겨 버린 대상이 있나요?

_____

_____

_____

_____

_____

_____

_____

_____

_____

_____

사랑 이야기

특별할 것도 없는 사랑 이야기에
하늘에서 땅까지 내 하루가 휘청이는 게
참 우습지.

아무것도 아닌 사랑 이야긴데
그걸 알면서도 온통 흔들리고 만다.

너는 지금 어디쯤일까.

아주 평범한 이 이야기에
너도 들어와 있나.

아니면 나 혼자 매일을 써 내려가나.

주인공이 둘이라면 적어도 우리에겐

특별히 사랑스런 이야기가 될 수 있을 것 같은데.

나의 사랑 이야기를 써 내려가 볼까요?

아주 평범한 이야기일지 모르지만

나에게만큼은 가장 특별한 이야기일 테니까요.

_____

_____

_____

_____

_____

_____

_____

_____

_____

_____

사랑에 빠질 때

사랑은 왜 사람에게 상처를 낼까.
그걸 알면서도 사람은 왜 사랑을 할까.

저항할 수 없는 강력한 힘에 이끌려
결국은 할 수밖에 없는 게 사랑이라면

'사랑에 빠진다.'라는 표현은
그래서 존재하는지도 모르겠다.

그런 의미에서
나를 갉아먹는 사랑은 하는 게 아니란 말은 틀렸다.

마음이 마음대로 되는 거라면
누가 사랑 앞에 울까.

나를 아프게 하는 사랑에 빠지더라도

나를 지켜 낼 수 있어야 한다는 말이 더 정확하다.

마음을 적당히 줄 수 없다면

내 마음을 지킬 수 있는 방법은 무엇일까요?

어쩔 수 없이 나를 아프게 하는 것들을 사랑하게 되었다면

그보다 조금만 더 많이 나를 사랑했으면 좋겠습니다.

_____

_____

_____

_____

_____

_____

_____

_____

_____

내가 만든 필연

사랑한 걸 후회할 때쯤
사랑에 빠졌던 순간을 떠올린다.

내가 어떻게 사랑하지 않을 수 있었겠어.

사랑할 수밖에 없었던 그때가 다시 밀려들 때쯤
사랑에 제동을 걸어야 했던 이유를 떠올린다.

내가 어떻게 다시 사랑할 수 있겠어.

사랑할 수밖에 없어 사랑했고
더 이상 사랑할 수 없어 그만두었으니
이제는 돌아보지 않아도 괜찮다.

나는 다시 돌아가도 사랑하겠지.

지난 사랑은 우연과 실수가 아닌

내 선택과 의지에 의한 필연적인 결과였음을.

사랑을 시작하는 법을 배우면

사랑을 마무리하는 법도 배워야 한다.

사랑을 시작할 수밖에 없었던 순간,

사랑을 끝낼 수밖에 없었던 순간을 기억하나요?

충분히 애썼던 나의 사랑은

이제 미련 없이 마침표를 찍습니다.

언젠가의 우연

거짓말 같은 순간이었다.

톡 내려앉은 하얀 조각에 고개를 들어보니
어느새 눈이 내리고 있었다.

말도 안 되게 갑자기 눈이 날리기 시작했다.

영화 같은 순간이었다,
장르가 무엇인지는 알 수 없지만.

모자를 쓰고 있어 다행이라고 생각했다,
눈을 맞지 않아도 되어서인지
표정을 가릴 수 있어서인지는 알 수 없지만.

또 눈이 오고 있었다.

우연이 만들어 낸 영화 같은 순간이 있나요?

그 순간은 아마

내 인생에 찾아온 기적 중 하나였을지 모릅니다.

_____

_____

_____

_____

_____

_____

_____

_____

_____

그날의 여름

언젠가 건넸던 시선 틈새로
보일 듯 말 듯하게 숨겨 두었던 마음이 있었다.

새빨갛게 익기엔 아직 어린 여름이어서
싱그러운 초록빛을 띠고 뜨거움만 가득하던 마음.

언젠가 불렀던 이름 사이로
들릴 듯 말 듯하게 숨겨 두었던 떨림이 있었다.

아무렇지 않은 척하기엔 제멋대로인 심장이어서
아주 잠깐의 순간에도 어찌할 줄 모르던 목소리.

조금만 더 늦게 만났다면
조금은 달라졌을지도 모른다는 생각을 한다.

뜨겁기만 하던 여름을 지나
적당히 시원한 가을의 어느 날이었다면

새빨갛게 익은 마음을 두 손에 모아 쥐고
곧은 시선을 따라 그대로 건넸을 텐데.

제멋대로인 심장도 이제
아무렇지 않게 숨기는 어른이었다면

제법 단정한 목소리를 한차례 가다듬고
꽤 길고 긴 시간 이름 불렀을 텐데.

가끔 잠이 오지 않는 밤이면
그런 부질없는 생각을 한다.

서툴렀던 여름은

그래서 더 예쁘고

그래서 더 잊을 수 없는지도 모르겠습니다.

겁 없이 뜨거움을 담았던

그날의 여름을 떠올려 볼까요?

_____

_____

_____

_____

_____

_____

_____

_____

열대야

다른 생각은 할 수도 없게
머리를 뜨겁게 달구던
강렬함,

더운 숨을 천천히 토해 내게
온몸에 열을 올리던
지독함.

어느샌가 은근히 떠오른
한여름의 태양.

그 찰나가 다 지나고
미련만 남겨진 열대야.

아직 채 식지 못했는데

태양이 떠나 버린 밤은

숨이 막힌다.

뜨거웠던 흔적만이

짙게 남은 밤입니다.

이 밤 역시 내 여름의 일부이기에

그저 시간만이 끝낼 수 있겠지요.

그때까지는 이곳에 마음껏 미련을 남깁니다.

_____

_____

_____

_____

_____

_____

_____

_____

기다리고 있어

언젠가 그런 날이 오면,

삼키다 삼키다
내 속을 새까맣게 태워 버린
뜨거운 말을 꺼내 놓고

그 말에 대한 답을
벅차도록 두 팔 가득히
끌어안고서

오랜 기다림과
선명히 눈 맞춘 채로

누구보다 예쁘게 웃어 보일 수 있기를.

기다리는 그런 날이 오면

서둘러 꺼내 놓고 싶은 말은 무엇인가요?

그날의 나는 아마

누구보다 환하게 빛날 것 같습니다.

_____

_____

_____

_____

_____

_____

_____

_____

_____

_____

To.

오늘 집에 돌아오던 길에
정류장의 아카시아 꽃향기가
너무 좋았다고

다음에 우리 그 앞을
함께 걷자고

고민 없이 전화를 걸어
그런 말들을 할 수 있다면 좋겠다.

사랑하는 대상에게

지금 전하고 싶은 말은 무엇인가요?

다 적고 나면

그대로 전해 보는 것도 좋을 것 같습니다.

_____

_____

_____

_____

_____

_____

_____

_____

_____

답장

펜을 들었다.

무슨 말부터 써야 할까
말을 고르고 고르다

내 마음을 오롯이 다 표현할 수 있는
그런 말은 세상에 없어서

펜을 내려놓고
달려가고 말았다.

숨 쉴 틈도 없이 달려가서
숨 쉴 틈도 없이 꼭 끌어안았다.

이게 내 답장이야.

내가 들었던 말 중에서

고스란히 사랑을 느낄 수 있었던 말이 있나요?

이 페이지에는

그 말을 가득히 머금고 답장을 쓰려합니다.

_____

_____

_____

_____

_____

_____

_____

_____

_____

선

지친 눈빛도

차오르지 못하게
숨을 참고 눌러 내는 눈물도

기대는 게 익숙하지 않아 선택한
원하지 않는 침묵도

그 모든 걸 가리기 위해
억지로 지어내는 웃음도

전부 다 끌어안아 주고 싶지만
그럴 때마다
내 품은 작고 초라하다.

언제부터인가
거리는 좁혀지지 않고

자꾸만 손 내미는 나는
애써 버티는 너를 무너뜨리는
또 다른 상처일까

그 앞에 가만히
기다리는 것밖에 할 수가 없다.

아파 본 사람만이
제대로 위로할 수 있는 거라면

나는 얼마나 더 아파야
너를 안아 줄 수 있을까.

어쩌면 누군가에게는

나도 선 너머에서 홀로 버티는 사랑일지 모릅니다.

선을 넘어 달려가 그 품에 뛰어들 수 있다면

나는 어떤 말들을 하고 싶나요?

_____

_____

_____

_____

_____

_____

_____

_____

_____

_____

짝사랑의 이유

나는 그 마음의
답을 안다.

나를 등지고 선
시선을 안다.

또렷하고 선명한
사이를 안다.

그럼에도
이미 다 내주고야 만 마음을
다시 가져오는 법을 알지 못한다.

이미 내 것이 아닌 마음은

더 이상 말을 듣지 않습니다.

짝사랑임을 알면서도

그만둘 수 없는 이유는 무엇일까요?

_____

_____

_____

_____

_____

_____

_____

_____

_____

_____

전하지 못한 미완성의 사랑 시.

지워지지도 않는 못다 핀 마음 한 자락.

마지막 인사

바라본다.

더 이상 마주할 일 없는
눈빛이
마음껏 소리친다.

눈이 시릴 때까지
빼곡하게 담는다.

대단할 것도
특별할 것도 없었던
보통의 마지막은

오직 눈 속에 맺혀
눈을 감아도 보인다.

마지막 인사를 건넸던 그날로 돌아간다면

꼭 하고 싶은 말이 있나요?

미처 하지 못했던 말은 이곳에 남기고

이제는 정말로 보내 주려 합니다.

_____

_____

_____

_____

_____

_____

_____

_____

_____

_____

미워하다

'싫어하다.'는 사랑의 반대말이지만
'미워하다.'는 사랑의 다른 말이다.

너무나도 좋아하던 무언가와 멀어지고 싶은 순간,
싫어진 건지 미워진 건지 섬세하게 뜯어보아야 한다.

싫어진 거라면
이제 미련 없이 놓아줄 때가 온 것이다.

하지만 미워진 거라면
돌아서면 후회할지 모른다.
결국은 돌아오게 될지 모른다.

미워한다는 건 아직 많이 사랑한단 뜻이니까.

너무나도 좋아했지만

멀어지고 싶은 대상이 있나요?

이제는 싫어하기 때문일까요,

아직은 사랑해서 미워하기 때문일까요?

_____

_____

_____

_____

_____

_____

_____

_____

_____

_____

평범한 이별

영원을 약속하듯 다가온
찰나의 관계는

그저 흔한 안녕으로
별다를 바 없이 끊어졌다.

너무 들뜬 나머지
평범한 인연에
특별한 이름을 붙였었다.

운명이라 믿었던 것들은
어설픈 착각이 만들어 낸 허상일 뿐.

누구나 하는 사랑을 하고
남들과 똑같은 이별을 했다.

이제 기다리지 않아도 괜찮았다.
더 이상 기대할 일도 없어졌다.

뭘 해야 할지 모를 만큼
하루가 좀 더 길어졌다.

몇 번이고 되풀이하다 외워 버린 기억을
떠오르지 않게 지우고 싶었다.

추억이라는 단어가
싫어졌다.

아무렇지 않은 척 낮을 견디고
혼자 남은 밤에는 무너지기도 했다.

무뎌지려 애쓰다가도
아주 사소한 것들에 울었다.

굳이 이유가 필요 없던 모든 것이

어떤 이유를 만들어도 안 되었다.

그냥 그 정도의 이별이었다.

누구나 하는 그런 이별이었다.

세상에서 가장 특별하던 사랑이

평범한 이별로 흩어질 때면

가끔 무너지기도 했습니다.

그때의 나에게 해 주고 싶은 말이 있나요?

_____

_____

_____

_____

_____

_____

_____

_____

_____

_____

거짓말

모난 마음을
더 모난 말로 감춘다.

그 뾰족함이
자신을 가장 아프게 찌르는데도
끝까지 내색 한 번 하지 않는다.

그렇게도 숨기고픈 마음이라면,
나는 기꺼이 애써 모른 척
그 모서리에 함께 찔린다.

아픈 거짓말을 기어이 해야 한다면

아픈 거짓말에 기어이 속아야 한다면

그 안에 담긴 솔직한 마음은

이곳에라도 뱉어냈으면 좋겠습니다.

모조리 속으로만 삼키는 건

너무 아플 테니까요.

_____

_____

_____

_____

_____

_____

_____

이름

가장 그리운 것이라고 하면
그 이름이 생각날 줄 알았다.

내 이름이 가장 그립다.

언제나 당연하게
종종 다정하게
가끔은 아프게도 불러 주던,

그 모든 목소리로 나를 불러 주던
내 이름이 더 서럽다.

속에만 묻어 두었던 그리운 이름이

괜스레 돋아나는 밤이 있습니다.

그런 밤에는 이 페이지에 들러

그 이름을 가만히 불러 봅니다.

_____

_____

_____

_____

_____

_____

_____

_____

_____

_____

문

문 한 장을 사이에 두고
등을 맞대고 앉은 우리는

그 너머 서로의 체온을 느끼고파
온 감각을 다해 문을 더듬거린다.

무슨 생각을 하고 있는지
어떤 마음을 삼키고 있는지
물어볼 용기가 없어서

그 문을 열고
온 힘을 다해 왈칵 안겨
등을 쓸어 줄 용기는 더욱 없어서

가만히 눈을 감고

숨소리만 흘려보낸다.

상처를 하나씩 배울 때마다

마음의 문을 여는 방법도 꼭 그만큼 복잡해졌습니다.

이제는 쉽게 열리지 않는 문을

두드리고 있는 대상이 있나요?

나는 결국 그 문을 열어 줄 수 있을까요?

_____

_____

_____

_____

_____

_____

_____

부디 네게는 세상이 조금 더 아름답길 바라.

언젠가 상처받는 날이 와도

지금 받는 사랑이 남아 있길 바라.

보고 싶은 날

여전히 반짝이는 그 앞에
또다시 아무 말도 못 하고 서 있다.

그때와 같은 마음을 안고
그때와 같은 눈빛을 하고
그대로 바라보고 서 있다.

나는 시간을 타고 흘러가는데
너는 그 시간만을 머금고 있어서,

너는 여전히 예쁘고
나는 그게 참 밉다.

시간은 끊임없이 흘러가는데

기억은 그 자리에 멈춰 있습니다.

점점 멀어지지만 결코 흐릿해지진 않는

그 기억의 주인에게,

보고 싶은 마음을 담아 편지를 씁니다.

_____

_____

_____

_____

_____

_____

_____

_____

열병

사랑은 열병이라지.

그 말이 옳았다.

몸을 따라 약해진 마음을 비집고
애써 꺾어 버린 감정이 되살아났다.

열 때문에 희미해진 생각들 앞에
가장 선명했던 기억이 놓인 건지

어린애처럼 아프다는 핑계로
괜히 한번 부려 보고 싶은 어리광인지

이런저런 변명을 하며
미련을 합리화할 이유를 찾아보지만

그냥 아직도 보고 싶었나 보다.

그렇게라도 한 번 더
그리고 싶었나 보다.

내 삶의 한 페이지를
멋대로 내어주고

네 페이지의 한 줄이나마
내 것이고 싶었던 욕심을

아파했던 밤이
이 밤 위로 얇게 덧씌워졌다.

한여름의 장마철
지독한 여름 감기에

나는 며칠 내내
너를 앓았다.

사랑은 빛나는 순간을 만들어 내기도 하지만

때로는 아픈 순간을 가져오기도 합니다.

내가 앓았던 가장 지독한 사랑의 열병은 언제였나요?

_____

_____

_____

_____

_____

_____

_____

_____

_____

_____

_____

사랑의 순간

시선과 시선 사이
빈틈이 사라지면
입술 끝에 웃음이 스민다.

손끝이라도 스치면
아스라이 흩어질까
함부로 끌어안지도 못한다.

이따금씩
뻐근할 만큼 벅차오르는 마음이
눈동자 앞에 고이기도 하고

세상의 모든 단어가 부족해
내가 줄 수 있는 가장 예쁜 말은
오직 너의 이름을 부르는 것.

더 많은 내일을 보고 싶다가도

그조차 흘러가는 게 아까워

때로는 오늘에 머무르고 싶다.

나는 영원히 이 순간을 잊지 못하겠지.

나는 언젠가 이 순간을 아주 그리워하겠지.

나의 행복은 꼭 너를 닮았다.

사랑으로 가득 찬 순간은

인생에서 가장 찬란한 순간으로 남습니다.

온통 사랑이었던 그때의 마음을

이곳에 한 페이지로 소중히 남겨 둡니다.

_____

_____

_____

_____

_____

_____

_____

_____

_____

그러니 사랑할 수밖에

우리의 결말이 슬플지라도

나는 이 순간을
후회하지 않을 것 같다.

사랑할 수밖에 없음을

인정하게 되는 순간이 있습니다.

나는 어떨 때

사랑하게 되었음을 느끼나요?

_____

_____

_____

_____

_____

_____

_____

_____

_____

_____

어느 날의 고백

사랑은 눈으로 볼 수 없다지만
내 사랑은 눈에 보였음 해.

눈빛으로 표정으로
흘러넘치는 마음을

애써 숨기지 않고
고스란히 보여줄게.

사랑에 긴말은 필요 없다지만
내 사랑은 언제나 들렸음 해.

수백 번을 말해도
다시금 차오르는 그 말을

굳이 삼키지 않고
고스란히 들려줄게.

사랑은 마음으로 느끼는 거라지만
내 사랑은 손끝에 닿았음 해.

맞닿은 손 사이로
끊임없는 온기가 전해지게

어떤 순간에도
꼭 잡고 놓지 않을게.

사랑하는지 묻지 않아도
모든 순간 대답할게.

망설임 없이 무너질 수 있게
그 앞에 두 팔 벌려 서 있을게.

내가 아는 가장 따뜻한 것들을
전부 가져다 안겨 줄게.

그러니 너는 언제나,
사랑 속에 살기만 해.

언제나 사랑만을 주고 싶은 대상에게,

온 마음을 다해 적어 내린 고백을 전해 보는 건 어떨까요?

때로는 표현하지 않으면 알 수 없는 사랑도 있습니다.

_____

_____

_____

_____

_____

_____

_____

_____

_____

_____

사랑으로

우리는 아마,
끝까지 서로의 약점이 되어
죽도록 서로를 지키겠지.

기꺼이 함께 불행해지기를 택하고
그 순간마저 기쁨이라 부르면서.

마주할 모든 아쉬움 위에 서로를 올려 두고
한치의 머뭇거림 없이 행운이라 여기면서.

기울어진 필연에
기어이 맞서기를 각오하고
그 선택에 운명이라 이름 붙일 수 있다면

영원이라는 말을

버렸던 날에서 되찾아와

그 안에 다시 한번 뛰어들 수 있다면

우리는 한 번만 더,

그렇게 아주 오래

사랑에 속아 보기로 하자.

다시 한번 사랑을 믿기로 한 순간이 있나요?

수많은 망설임도

그럴듯한 이유로 높게 쌓아 올린 벽도

사랑 앞에서는 힘을 잃습니다.

_____

_____

_____

_____

_____

_____

_____

_____

_____

_____

결국은, 사랑

혼자 견디는 게 편하다.
속으로 앓는 게 낫다.

이미 버거운 일을 입 밖으로 꺼내는 건
기어이 상처를 끄집어내 마구 헤집어 놓는 기분이다.

혹여 앞에 있는 이가 상처 위에 상처를 덧낼까
그게 아니면 실망하고 도망갈까 두려움이 앞선다.

끝내 마음을 주체하지 못해 터지는 눈물을
마주하는 게 싫다.

그래서 무언가를 감당하는 나의 방법은
입을 다무는 것이다.

밖으로 새어 나와 나를 망가뜨리지 못하게
안에서 삭히는 것이다.

그러면서 이기적이게도 가끔은, 사실 꽤 자주,
감추지 못하는 사람들을 부러워한다.

나는 위로받는 법을 모른다.
누군가에게 안겨 우는 법을 모른다.

-

혼자 견디는 게 편하다.
속으로 앓는 게 낫다.

나 힘든 일을 내 입으로 꺼낼 수 없는 이유는,

상처를 끄집어내 마구 헤집어 놓는 나를 보며
더 상처받을 누군가를 알기 때문이다.

앞에 있는 이의 실망과 도망보다
아픔과 슬픔이 더 두렵다.

끝내 마음을 주체할 수 없어 눈물이 터질 거라는 확신은
선연하게 와닿는 온기로부터 온다.

그래서 무언가를 감당하는 나의 방법은
입을 다무는 것이다.

밖으로 새어 나와 상대를 망가뜨리지 못하게
안에서 삭히는 것이다.

나는 사랑받고 있음을 안다.
때로는 그 사랑이 나를 더 외롭게 한다.

-

하지만 결국 그 모든 걸 딛고 일어서게 하는 건
또다시 사랑이다.

상처를 보이지 않으려 숨어 버린 어둠 속을
당연하다는 듯 함께 하면서

두려움과 걱정이 만들어 낸 어설픈 숨바꼭질에
굳이 말없이 속아 주면서

울기보다 차라리 화내기를 택한
서툴고 날카로운 말들을 하나하나 걷어 내면서

기어코 놓지 않는 사람들이 있다.
가만히 기다리는 사랑이 있다.

어쩌면 혼자 견디는 게 아니었을지 모른다.
외로이 앓는 게 아니었을지 모른다.

사실 나는 위로받고 있었다.

나의 눈물을 누군가 안고 있었다.

내가 사랑하는, 나를 사랑하는 사람들을,

이 페이지 가득 불러볼까요?

서로를 날카롭게 갈라놓는 세상에서도

우리는 사랑하며 살아갑니다.

결국은, 사랑으로 살아갑니다.

_____

_____

_____

_____

_____

_____

_____

_____

.

사실 나는 위로받고 있었다.

나의 눈물을 누군가 안고 있었다.

이 책의 마지막 페이지에는 그동안 꾹꾹 눌러두었던 말을 담습니다. 그리움은 지워지지 않고, 떠올릴 때마다 눈가로 맺혀 오르는 뜨거움은 오랜 시간이 지나도 어찌할 수 없겠지만, 그럼에도 덕분에 행복합니다. 그리고 앞으로도 행복할 것 같습니다.

그리움은 오직 내 몫이니
당신은 좋은 꿈 꾸며
부디 평안만 하시기를.

보고픈 마음은 내 차례니
당신은 보고팠던 이와
못다 한 시간 함께 하시기를.

나의 생은
당신으로 인해 아름답기에
당신의 생 어느 한 조각쯤은
나로 인해 아름다웠기를.

너무 오래 슬퍼하지 않을 테니
까마득한 시간을 돌아
꼭 다시 한번
내 손을 잡아 주세요.